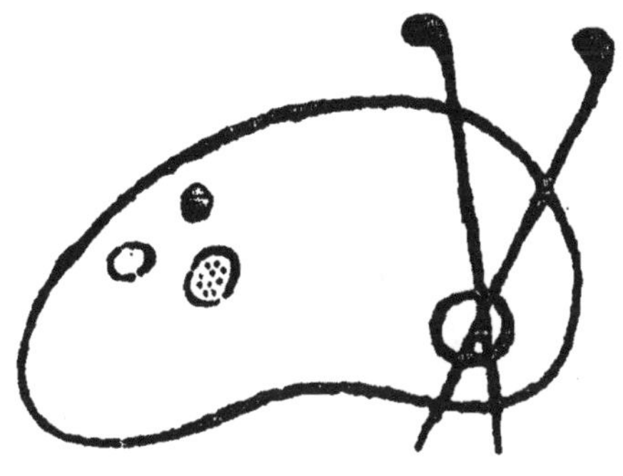

Début d'une série de documents
en couleur

COUVERTURES SUPERIEURE ET INFERIEURE D'IMPRIMEUR.

LES TROIS CHEVEUX D'OR

DU DIABLE

Onzième série. — Format in-18.

POITIERS. — TYPOGRAPHIE OUDIN ET Cie.

La vieille lui prit un cheveu.

NOUVELLE BIBLIOTHÈQUE ILLUSTRÉE DE VULGARISATION

LES

TROIS CHEVEUX D'OR DU DIABLE

PAR

PIERRE DURANDAL

Illustrations de MARIE VIMONT

PARIS
LECÈNE, OUDIN ET Cie, ÉDITEURS
15, RUE DE CLUNY, 15

1894

LES

TROIS CHEVEUX D'OR DU DIABLE

Il y avait une fois une femme pauvre qui mit au monde un petit garçon, et comme il était né coiffé, on lui prédit qu'à dix-huit ans il épouserait la fille du roi. Or, il arriva que le roi passa par le village, mais personne ne savait que c'était lui. Il demanda ce qu'il y avait d'extraordinaire dans le pays, et on lui répondit :

— Il est né ces jours-ci un enfant coiffé, tout ce qu'il entreprendra lui réussira. On lui a prédit que lorsqu'il aurait dix-huit ans, il épouserait la fille du roi.

Le roi, qui avait mauvais cœur s'irrita de cette prédiction. Il alla trouver les parents de l'enfant, leur fit bonne mine et leur dit :

— Braves gens, laissez-moi votre fils, j'aurai soin de lui.

Ils refusèrent d'abord, mais comme l'étranger offrait beaucoup d'or, ils se dirent :

— C'est un enfant coiffé, tout ce qui lui arrive ne peut contribuer qu'à son bonheur.

Ils consentirent donc et donnèrent l'enfant.

Le roi le mit dans une boite et l'emporta au loin sur son cheval, jusqu'à ce qu'il fût arrivé à une rivière profonde ; il y jeta la boite et dit :

— Me voilà débarrassé du prétendant de ma fille.

Mais la boite n'alla pas au fond ; elle flotta comme une petite barque et pas une goutte d'eau n'y entra. Elle flotta ainsi jusqu'à deux lieues de la capitale du roi. Il y avait là un moulin auquel elle resta accrochée. Un garçon meunier, qui se trouvait par hasard en cet endroit, l'aperçut et l'attira à lui avec un crochet, croyant trouver un trésor. Quand il l'ouvrit, il y vit un petit garçon tout gentil et tout éveillé. Il le porta au meunier et à la meunière, et comme ils n'avaient pas d'enfants, ils furent tout heureux et dirent : « C'est le ciel qui nous l'envoie ». Ils eurent la plus vive sollicitude pour le petit garçon trouvé, qui crût en âge et en vertu.

Un jour, par un orage, le roi entra dans le moulin et demanda au meunier et à la meunière si ce grand garçon était leur fils.

— Non, répondirent-ils, c'est un enfant trouvé; il y a quinze ans, nous l'avons recueilli dans une boîte sur la rivière, c'est le garçon meunier qui l'a retiré de l'eau.

Le roi reconnut que c'était l'enfant coiffé qu'il avait jeté dans la rivière, et dit :

— Braves gens, ce jeune garçon ne pourrait-il point porter un message à la reine, je lui donnerai deux pièces d'or pour récompense.

— Il est aux ordres de Votre Majesté, répondirent le meunier et la meunière, et ils commandèrent au jeune garçon de s'apprêter.

Le roi écrivit à la reine une lettre dans laquelle il disait :

— Dès que ce jeune garçon vous aura remis ce message, vous le ferez mettre à mort et enterrer, et je veux que tout soit accompli avant mon retour.

Le jeune garçon partit avec la lettre, mais s'égara et arriva, le soir, dans une grande forêt.

Dans l'obscurité, il vit une petite lumière. Il se dirigea de ce côté et parvint à une cabane. Il y entra et vit une vieille femme assise toute seule près du feu. Elle eut peur en voyant le jeune inconnu et demanda :

— D'où viens-tu et où vas-tu ?

— Je viens du moulin, répondit-il, et je vais chez la reine lui porter un message ; je me suis égaré dans la forêt et je voudrais bien passer la nuit ici.

— Pauvre garçon, dit la vieille femme, tu es tombé dans un repaire de brigands et quand ils reviendront, ils te tueront.

— Qu'ils viennent, dit le jeune garçon, je ne crains rien; mais je suis si fatigué que je ne puis aller plus loin.

Il se coucha sur un banc, s'étendit et s'endormit.

Bientôt après les brigands entrèrent et demandèrent, furieux, quel était l'étranger couché là.

— Ah ! dit la vieille, c'est un pauvre enfant innocent : il s'est perdu dans la forêt et je l'ai accueilli par compassion ; il porte un message à la reine.

Les brigands prirent la lettre, l'ouvrirent et lurent ce qu'elle contenait. Il y était dit que le jeune garçon, aussitôt arrivé dans la ville, devait être livré au supplice.

Les brigands, dont le cœur était d'ordinaire endurci, eurent pitié cette fois : le chef déchira la lettre, et en écrivit une autre dans laquelle il était dit que le jeune garçon, aussitôt arrivé, devait épouser la fille du roi. Ils le laissèrent dormir en paix sur le banc jusqu'au matin, et, lorsqu'il fut éveillé et debout, ils lui donnèrent la lettre et lui enseignèrent le bon chemin.

Quand la reine eut reçu et lu le message, elle fit ce qu'il ordonnait, commanda les préparatifs d'une grande fête et la fille du roi fut mariée à l'enfant coiffé.

Et comme le jeune homme était beau et bon, ils vécurent ensemble contents et heureux.

Quelque temps après, le roi revint dans son palais et vit que la prédiction s'était accomplie : l'enfant coiffé avait épousé sa fille.

— Comment cela s'est-il fait? demanda-t-il, ma lettre donnait un tout autre ordre.

La reine lui remit le message et le pria de lire lui-même ce qui s'y trouvait écrit. Le roi en prit connaissance et s'aperçut aussitôt de la substitution et de la fraude. Il demanda au jeune garçon ce qu'il avait fait de la lettre qu'il lui avait donnée et pourquoi il en avait apporté une autre.

— Je n'en sais rien, répondit-il, on doit l'avoir changée pendant la nuit, quand j'ai dormi dans la forêt.

Le roi, plein de fureur, s'écria :

— Cela ne se passera pas ainsi : qui veut avoir ma fille, doit aller chercher dans l'enfer trois cheveux d'or du diable ; si tu me les rapportes, tu resteras mon gendre.

Le roi espérait par là se débarrasser de lui.

Mais l'enfant coiffé répondit :

— J'irai volontiers chercher ces trois cheveux ; je n'ai pas peur du diable.

Là-dessus il prit congé et commença son voyage d'aventure.

Le chemin le conduisit dans une grande ville, où le garde de la porte lui demanda quel était son métier et ce qu'il savait faire.

— Je sais tout, répondit l'enfant coiffé.

— Dans ce cas, tu peux nous rendre un service, répondit le gardien, en nous disant pourquoi la fontaine, qui est sur le marché, et qui donnait du vin, s'est tarie et ne donne plus que de l'eau claire.

— Je tâcherai de vous le dire à mon retour, répondit-il.

Il alla plus loin et arriva dans une autre ville où le gardien de la porte lui demanda de nouveau quel était son métier et ce qu'il savait faire.

— Je sais tout, répondit-il.

— Dans ce cas, tu peux nous rendre un service en nous disant pourquoi un arbre de notre ville, qui donnait des pommes d'or, n'a plus même de feuilles maintenant.

— J'y penserai, répondit-il, attendez mon retour.

Il alla plus loin et arriva à une grande rivière qu'il devait passer. Le passeur lui demanda quel était son métier et ce qu'il savait faire.

— Je sais tout, répliqua-t-il.

— Dans ce cas, tu peux me rendre un service en me disant pourquoi je dois conduire toujours cette barque de l'une à l'autre rive, sans que personne vienne me remplacer.

— J'y penserai, dit-il, attendez mon retour.

Quand il eut passé la rivière, il se trouva à l'entrée de l'enfer. Tout y était noir et couvert de suie. Le diable n'était pas à la maison, mais sa grand'mère était assise dans un grand fauteuil.

— Que veux-tu ? lui dit-elle ; mais elle n'avait pas du tout l'air terrible.

— Je voudrais avoir trois cheveux d'or du diable, répondit-il, sinon je ne puis garder ma femme.

— C'est demander beaucoup, repartit-elle. Quand le diable rentrera et te trouvera ici, il te sautera au cou, et je ne réponds pas de toi ; mais je m'intéresse à ton sort, et verrai si je ne puis te venir en aide.

Elle le changea en fourmi, et lui dit :

— Cache-toi dans un pli de ma jupe, là tu seras en lieu sûr.

— Merci, répondit-il, je veux bien, mais je voudrais savoir trois choses : pourquoi une fontaine, qui donnait du vin, est tarie et ne donne plus que de l'eau claire ; pourquoi un arbre, qui donnait des pommes d'or, ne porte plus même de feuilles ; et pourquoi le passeur, qui va d'une rive à l'autre, doit continuer ce métier sans être jamais remplacé.

— Ce sont là de graves questions, dit-elle, mais tiens-toi tranquille, ne bouge point et fais attention à ce que dira le diable, quand je lui arracherai les trois cheveux d'or.

Le soir arrivé, le diable revint au logis. A peine entré, il s'aperçut que l'air de l'enfer était vicié.

— Je sens de la chair humaine, dit-il en grommelant ; il y a du louche ici.

Il alla fouiller dans tous les coins, chercha partout et ne trouva rien.

La grand'mère se fâcha :

— On vient de balayer, dit-elle, on a tout rangé et tu mets tout en désordre. Tu as toujours l'odeur de chair humaine dans le nez. Assieds-toi et mange ta soupe.

Quand il eut mangé et bu, il se sentit fatigué.

— Mets ta tête sur mes genoux, dit la grand'mère, je te chercherai tes puces.

Il s'endormit bientôt, soufflant et ronflant.

La vieille lui prit un cheveu d'or, l'arracha et le posa à côté d'elle.

— Aïe ! s'écria le diable, qu'est-ce que tu fais ?

— J'avais un mauvais rêve, répondit la grand'mère, je t'ai pris aux cheveux.

— Qu'as-tu rêvé ? demanda le diable.

— J'ai rêvé d'une fontaine sur un marché : elle donnait autrefois du vin, maintenant il n'en sort plus que de l'eau claire. Pourquoi ça ?

— Hé, dit le diable, s'ils le savaient là-haut ! Il y a un crapaud qui s'est logé sous une pierre dans la fontaine ; on n'a qu'à le tuer, le vin recommencera à couler.

La grand'mère lui chercha de nouveau des puces jusqu'à ce qu'il se rendormit, et il ronflait si fort que les fenêtres de l'enfer en tremblaient.

Elle lui arracha le second cheveu d'or.

— Aïe ! que fais-tu ? s'écria le diable en colère.

— Ne te fâche pas, répondit-elle, je l'ai fait en rêvant.

— Et qu'as-tu rêvé encore ? demanda-t-il.

— J'ai rêvé qu'il y avait dans un royaume un arbre fruitier qui donnait autrefois des pommes d'or et qui maintenant ne porte plus même de feuilles. Pourquoi ça ?

— Hé ! s'ils le savaient là-haut ! répondit le diable : un rat ronge la racine de l'arbre. Qu'ils le tuent, l'arbre produira de nouveau des pommes d'or ; si on le laisse ronger encore longtemps, tout l'arbre périra. Mais laisse-moi tranquille avec tes rêves. Si tu m'empêches encore de dormir, je te donne une gifle.

La grand'mère lui promit de le laisser en paix et l'épuça jusqu'à ce qu'il fût endormi et ronflât. Alors elle prit le troisième cheveu d'or et le lui arracha.

Le diable sauta au plafond, cria, et voulut la battre, mais elle sut le calmer et lui dit :

— Qui peut m'empêcher de faire un mauvais rêve ?

— Qu'as-tu rêvé, demanda-t-il, car il était curieux.

— J'ai rêvé d'un passeur qui se plaignait de devoir toujours promener sa barque de l'une à l'autre rive, sans être jamais remplacé. Pourquoi ça ?

— L'imbécile ! dit le diable, quand quelqu'un vient lui demander de le passer de l'autre côté, il n'a qu'à lui mettre la perche dans la main, l'autre sera le passeur et lui rendra la liberté.

La grand'mère, ayant arraché les trois cheveux d'or et obtenu les réponses aux trois questions, laissa le monstre en paix et il dormit jusqu'au jour.

Lorsqu'il fut parti, elle prit la fourmi dans le pli de sa jupe, et rendit à l'enfant coiffé la forme humaine.

— Voici les trois cheveux d'or, dit-elle ; quant aux réponses du diable aux trois questions tu les as entendues.

— Oui, dit-il, j'ai tout entendu et retiendrai tout.

— Te voilà donc tiré d'affaire, tu n'as plus qu'à te remettre en route.

Il remercia la grand'mère du diable de l'aide qu'elle lui avait prêtée, et sortit de l'enfer, tout heureux de sa réussite.

Quand il revint auprès du passeur, celui-ci lui demanda la réponse promise.

— Fais-moi d'abord passer l'eau, répondit l'enfant coiffé, je t'apprendrai ensuite comment tu pourras être délivré.

Et lorsqu'il fut sur l'autre rive, il lui donna le conseil du diable.

— S'il arrive encore quelqu'un qui te demande de lui faire passer l'eau, donne-lui la perche.

Il alla plus loin et arriva dans la ville où était l'arbre stérile. Le gardien attendait sa réponse à la porte. Il lui dit, comme il le tenait du diable :

— Tuez le rat qui ronge la racine, l'arbre produira de nouveau des pommes d'or.

Le gardien le remercia et lui donna pour récompense deux ânes chargés d'or qui devaient marcher derrière lui.

A la fin il arriva à la ville dont la fontaine était tarie. Il répéta au gardien ce qu'avait dit le diable :

— Il y a un crapaud dans la fontaine sous une pierre, cherchez-le et tuez-le ; elle redonnera du vin.

Le gardien le remercia et lui donna également deux ânes chargés d'or.

Quand l'enfant coiffé fut de retour auprès de sa femme, elle se réjouit de le revoir et écouta avec intérêt tout ce qui lui était arrivé. Il apportait au roi les trois cheveux d'or du diable, et quand parurent les quatre ânes chargés d'or, le roi fut si enchanté qu'il s'écria :

— Maintenant que tu as rempli toutes les conditions, tu peux garder ma fille ; mais, dis-moi, mon cher gendre, d'où vient tout cet or ? C'est un véritable trésor.

— J'ai traversé un fleuve qui le charrie, répondit-il, je n'avais qu'à le ramasser, ses bords en sont couverts au lieu de sable.

— Puis-je en chercher aussi ? demanda le roi avec cupidité.

— Tant que vous en voudrez, dit le gendre ; il y a un passeur qui vous passera ; vous n'aurez qu'à remplir vos sacs sur l'autre rive.

Le roi, avide, s'empressa de se mettre en route et quand il arriva au bord de l'eau, il fit signe au passeur de le transporter sur l'autre bord.

Le passeur accourut, le pria de monter dans

la barque, et quand ils arrivèrent à l'autre bord, il lui mit la perche dans la main et sauta lestement à terre.

Et le roi dut, à partir de ce moment, aller et venir sur l'eau en punition de son avidité.

— Est-il toujours passeur ?

— Sans doute ! Personne n'ira lui prendre la perche.

ROSE D'ÉPINES

Il y avait jadis un roi et une reine qui disaient toujours : « Ah ! si nous avions un enfant ! » et n'en avaient jamais. Un jour que la reine prenait son bain, une grenouille sortit de l'eau, et sauta sur la terre en disant : « Ton vœu sera exaucé : avant la fin de l'année tu donneras naissance à une petite fille. » Et ce que la grenouille avait promis arriva : la reine mit au monde une petite fille, si belle, que le roi ne se posséda pas de joie et donna un grand festin. Il invita non seulement ses parents, ses amis et connaissances, mais aussi les bonnes fées, pour qu'elles fussent favorables à l'enfant. Il en avait treize dans son royaume, mais comme il n'avait que douze assiettes d'or, dans lesquelles elles devaient manger, il y en eut une qui dut rester chez elle. Le festin fut célébré avec la plus grande pompe, et quand il fut achevé, les bonnes fées comblèrent l'enfant de leurs dons : l'une la doua de la vertu, l'autre de la beauté, la troisième de la richesse, et ainsi de suite de tout ce que l'on peut souhaiter au monde. Quand les onze premières eurent fait leurs souhaits, la treizième entra tout à coup. Elle voulait se venger de ne pas avoir été invitée, et sans saluer ni regarder personne, elle cria d'une voix retentissante :

— Quand la fille du roi aura quinze ans, elle se piquera à un fuseau et tombera morte.

Puis, sans ajouter une parole, elle se retourna et quitta la salle.

Tous étaient effrayés. Alors parut la douzième fée qui n'avait pas encore exprimé son souhait, mais comme elle ne pouvait empêcher le mauvais sort jeté sur l'enfant, elle se borna à l'atténuer et dit :

— La fille du roi ne tombera pas morte, mais elle sera plongée dans un sommeil de cent ans.

Le roi, qui aurait voulu sauver sa chère enfant du malheur, donna l'ordre de brûler tous les fuseaux qui existaient dans son royaume. La petite princesse fut, en effet, remplie de tous les dons que lui avaient prodigués les bonnes fées : elle était si belle, si vertueuse, si aimable, si raisonnable, que tous ceux qui la voyaient la chérissaient. Il arriva que le jour où elle atteignit sa quinzième année, le roi et la reine étaient absents de leur palais, et la petite fille s'y trouvait seule. Elle alla visiter tous les endroits, les salles et les chambres, partout où elle avait envie d'entrer, et arriva enfin à une vieille tour. Elle monta un petit escalier tournant au bout duquel elle rencontra une porte de fer. Dans la serrure était entrée une clef rouillée qu'elle fit tourner. La porte s'ouvrit et elle vit assise dans une petite chambre une

La princesse ouvrit alors les yeux.

vieille femme qui tenait un fuseau et filait laborieusement du lin.

— Bonjour, vieille petite maman, dit la fille du roi, que fais-tu là ?

— Je file, dit la vieille en branlant la tête.

— Et qu'est-ce que cet objet qui saute si gentiment autour de toi ? demanda la petite fille.

Elle prit le fuseau et voulut filer à son tour, mais à peine l'eut-elle touché que la prédiction de la treizième fée s'accomplit : elle se piqua au doigt.

Au même moment où elle se fit la piqûre, elle tomba sur le lit qui était là et s'ensevelit dans un profond sommeil. Et ce sommeil se répandit sur tout le château : le roi et la reine, qui venaient d'arriver et d'entrer dans la salle du palais, s'endormirent et toute la cour royale s'endormit avec eux. Les chevaux dans les écuries, les chiens dans leur niche, les pigeons sur les toits, les mouches sur le mur ou au plafond, le feu qui flambait dans l'âtre, tout s'arrêta, tout fut frappé de sommeil ; le rôti cessa de grésiller, et le cuisinier qui voulait prendre son gâte-sauce aux cheveux, parce qu'il avait oublié quelque chose, le lâcha et s'endormit avec lui. Le vent cessa de souffler et sur les arbres devant le palais pas une petite feuille ne bougea plus.

Alors, autour du château, il poussa une haie d'épines, qui monta d'année en année, et finit par cerner tout le palais au-dessus duquel elle s'étendit, en sorte que l'on n'en vit bientôt plus rien, pas même le drapeau sur le toit. Dans le pays courait une légende de la belle Rose d'Epines, c'était le nom de la fille du roi ; et de temps à autre arrivaient des fils de roi qui voulaient à travers la haie pénétrer dans le château. Mais ils n'y parvenaient point, car les épines, comme si elles avaient eu des mains, les tenaient accrochés, et les jeunes gens restaient suspendus ; ils ne pouvaient se dégager et mouraient tristement. Après de longues et bien longues années, il vint dans le pays un fils de roi qui apprit d'un vieillard l'existence de cette haie d'épines, derrière laquelle il devait y avoir un palais, où une jeune princesse, appelée Rose d'Epines, dormait depuis cent ans, et le roi et la reine dormaient aussi avec toute leur cour. Il savait déjà par son grand-père que bien d'autres fils du roi étaient venus là et avaient tâché de passer à travers la haie d'épines, mais qu'ils y étaient restés pendus et avaient trouvé une mort lamentable. Alors le jeune prince dit :

— Je n'ai pas peur, je veux voir la belle Rose d'Epines.

Le vieillard eut beau le lui déconseiller, le fils du roi ne voulut rien écouter.

Or, les cent années étaient écoulées et le jour arriva où Rose d'Epines devait se réveiller. Quand le fils du roi vint à la haie, il n'y trouva que de grandes belles fleurs qui s'écartèrent d'elles-mêmes et se refermèrent derrière lui comme uno grille. Dans la cour du palais il vit les chevaux et les chiens couchés et endormis, sur les murs les pigeons avaient la tête cachée sous leur aile. Et quand il arriva dans le palais même, les mouches dormaient sur les murs et au plafond, le cuisinier tenait encore le bras levé pour saisir le gâte-sauce, dans la cuisine, et la servante avait sur les genoux une poule noire qu'elle allait plumer.

Il alla plus loin et dans la salle d'honneur il découvrit tous les dignitaires de la cour endormis, couchés, et sur le trône dormaient le roi et la reine.

Il alla encore plus loin et tout était si silencieux qu'il pouvait entendre sa propre respiration. A la fin il arriva à la tour et ouvrit la porte de la petite chambre où Rose d'Epines était ensevelie dans le sommeil.

Elle était si belle que les regards du prince ne pouvaient se détourner d'elle.

Il se pencha et lui donna un baiser. Le contact de ses lèvres la réveilla.

Elle ouvrit les yeux, son sommeil cessa et lle eut un sourire aimable.

Ils descendirent ensemble dans la salle 'honneur, le roi et la reine s'éveillèrent ainsi ue toute la cour et tous se regardèrent avec e grands yeux. Et les chevaux et les chiens e levèrent et hennirent ou aboyèrent, les hiens de chasse bondirent sur leurs pieds t agitèrent leur queue, les pigeons sur le oit sortirent leur bec de dessous leur aile, egardèrent autour d'eux et s'envolèrent dans es champs ; les mouches sur les murs et au lafond se remirent à marcher ; le feu pétilla lans la cuisine, flamba et fit cuire le repas ; e rôti recommença à grésiller, le cuisinier ppliqua au gâte-sauce un maître soufflet qui e fit crier et la cuisinière pluma la poule.

Alors on célébra le mariage de Rose d'Epines avec le prince en grande pompe et ils vécurent heureux jusqu'à la fin de leurs jours.

LE ROI BARBE DE GRIVE

Un roi avait une fille qui surpassait tou[t] en beauté, mais elle était si fière, si épris[e] d'elle-même qu'elle se croyait au-dessus d[e] tous les prétendants. Elle les répudiait l'u[n] après l'autre et ajoutait la raillerie au refus. Un jour, le roi donna une grande fête à laquelle il invita tous ceux qui, proches ou éloignés, avaient envie de se marier. On les mit tous en rangs suivant leur condition et leur naissance, d'abord les princes, les ducs, les comtes, les barons, et en dernier lieu les gentilshommes. La fille du roi fut conduite de rang en rang, mais elle n'avait rien d'aimable ou d'encourageant à dire à personne. L'un était trop gros : « Quelle barrique ! ditlle ; l'autre, trop grand : « Quel échalas ! » un troisième, trop petit : « Quel Poucet ! » un quatrième trop pâle : « Quelle tête de mort ! » un cinquième, trop rubicond : « Quel dindon ! » un sixième, trop bancal : « Quelle serpe ! » Elle avait à redire à tous. Sa moquerie s'exerça tout particulièrement sur un bon roi, qui était tout en tête du premier rang et qui avait le menton un peu courbé.

— Hé ! s'écria-t-elle en riant aux éclats, celui-là a la barbe en bec de Grive.

Le nom lui resta. On ne l'appela plus que Barbe de grive.

Mais le vieux roi, qui était témoin de l'orgueil de sa fille et voyait qu'elle ne faisait que railler tout le monde et rejeter tous les prétendants qui étaient là, entra en colère et jura qu'il la donnerait au premier mendiant qui se présenterait à sa porte.

Quelques jours après, un musicien ambulant vint chanter sous la fenêtre du palais pour obtenir quelque aumône. Quand le roi l'entendit, il dit :

— Qu'on le fasse monter !

L'homme monta, vêtu de haillons sordides, chanta devant le roi et sa fille, et demanda, quand il eut fini, une petite charité. Le roi lui dit :

— Ton chant m'a plu ; je te donne ma fille en mariage.

La fille du roi tressaillit, mais le roi dit :

— J'ai fait le serment de te donner au premier mendiant qui se présenterait, je veux tenir ma parole.

Elle eut beau protester, le mariage eut lieu, elle dut épouser le chanteur ambulant.

Cela fait, le roi dit :

— Maintenant il ne convient point qu'une mendiante reste plus longtemps dans mon palais, va mendier avec ton mari.

Le mendiant la prit par la main et elle dut partir à pied. Quand ils furent arrivés dans une grande forêt, elle demanda :

— A qui donc appartient le beau bois que voilà ?
— Au roi Barbe de Grive, à lui seul tout cela.
Tu pouvais l'épouser, tu serais une reine
Et de cette forêt maîtresse souveraine ;
Mais ce rêve à jamais maintenant est fini.
Mendiante, suis-moi, ton orgueil est puni !
— Ah ! pauvre fille à qui tant d'infortune arrive !
Pourquoi n'ai-je pas pris le roi Barbe de Grive ?

Puis ils arrivèrent dans un pré et elle demanda :

— A qui donc appartient le beau pré que voilà ?
— Au roi Barbe de Grive, à lui seul tout cela.
Tu pouvais l'épouser, tu serais une reine
Et de ce beau pré vert maîtresse souveraine ;
Mais ce rêve à jamais maintenant est fini.
Mendiante, suis-moi, ton orgueil est puni.
— « Ah ! pauvre fille à qui tant d'infortune arrive !
Pourquoi n'ai-je pas pris le roi Barbe de Grive ?

Puis ils traversèrent une grande cité, et de nouveau elle demanda ;

— A qui donc appartient la cité que voilà ?
— Au roi Barbe de Grive, à lui seul tout cela.
Tu pouvais l'épouser, tu serais une reine
Et de cette cité maîtresse souveraine ;
Mais ce rêve à jamais maintenant est fini,
Mendiante, suis-moi, ton orgueil est puni.

— Ah! pauvre fille à qui tant d'amertume arrive!
Pourquoi n'ai-je pas pris le roi Barbe de Grive?

— Il ne me plaît point, dit le musicien ambulant, que tu regrettes toujours ce roi. Je suis ton mari, tu n'en saurais avoir d'autre.

A la fin ils arrivèrent à une maison toute petite et elle dit :

— Ah! mon Dieu, quelle petite maison, si basse, si misérable, à qui donc peut-elle appartenir?

— A nous, répondit le mendiant, à toi et à moi ; c'est là que nous habitons.

Elle dut se baisser pour passer par la porte.

— Où sont les domestiques? demanda la fille du roi.

— Des domestiques! répéta le mendiant, il faudra que tu fasses toi-même ce que tu voudras qui soit fait. En attendant, allume le feu, mets de l'eau dans la marmite pour apprêter notre dîner; je n'en puis plus de fatigue.

La fille du roi n'entendait rien au feu ni à la cuisine, et le mendiant dut mettre la main à la poêle, et s'en tira passablement. Quand le maigre repas fut achevé, ils se couchèrent. Mais le lendemain il l'obligea à se lever de très bonne heure, pour ranger sa maison. Ils vécurent de la sorte une couple de jours et leur argent fut vite épuisé, alors l'homme dit :

— Femme, nous ne pouvons rester ainsi à ne rien faire, sans rien gagner. Tu tresseras des corbeilles.

Il sortit, alla couper de l'osier et le lui rapporta. Elle essaya de le tresser, mais elle se piqua, se blessa, se déchira les mains à l'osier rugueux et dur.

— Je vois que cela ne va pas, dit le mari, tu fileras, peut-être t'y connaitras-tu mieux.

Elle s'assit et s'efforça de filer, mais le fil lui coupa les doigts qui étaient délicats et le sang en coula.

— Vois-tu, dit le mendiant, tu ne vaux

rien pour aucun métier. J'ai fait une mauvaise affaire en te prenant. Je vais tâcher de te monter un petit commerce de poterie et de faïence, tu iras t'asseoir sur la place du marché et tu vendras la marchandise à bon compte.

— Ah! pensa la princesse, s'il vient au marché des gens du royaume de mon père et s'ils me voient habillés en marchande, vendant des pots et des casseroles, ils se moqueront de moi.

Mais il n'y avait rien à faire, elle dut se soumettre pour ne pas mourir de faim. La première fois, cela marcha, car les gens lui achetaient parce qu'elle était si belle, emportaient ses marchandises et les lui payaient ce qu'elle voulait : beaucoup même lui donnaient l'argent sans prendre les pots. Ils vécurent du produit de cette vente tant qu'il y en eut, puis le mari acheta d'autre faïence. Elle alla s'asseoir dans un coin du marché, étala tout autour d'elle et vendit à bon compte.

Il vint tout à coup un hussard ivre à cheval qui allait au galop; il tomba sur la faïence et fit voler les pots, les assiettes, les casseroles en mille morceaux. Elle éclata en sanglots, ne sachant dans son émoi que faire.

— Ah! s'exclama-t-elle, que va-t-il m'arriver? Que va dire mon mari?

Elle courut à la maison lui conter son malheur.

— Qui t'a dit d'aller t'asseoir dans un coin du marché avec cette faïence? dit-il rudement. Sèche-moi tes pleurs, je vois bien que tu n'es bonne à rien. J'ai été au palais du roi, et j'ai demandé si l'on n'avait pas besoin d'une laveuse de vaisselle et l'on m'a dit que l'on te prendrait pour ta nourriture.

La fille du roi devint donc laveuse de vaisselle et dut aider la cuisinière à faire l'ouvrage le plus pénible. Elle attacha dans chacune de ses poches un petit pot et y mettait ce qu'on lui donnait des restes de la table, et c'était tout ce qu'ils avaient à manger, elle et son mari.

Or, il arriva que l'on devait célébrer le mariage du fils aîné du roi. La pauvre femme alla se placer à l'entrée de la grande salle de réception pour voir la cérémonie. Quand les lumières furent allumées, et quand elle vit paraître la suite des princes et des grands, les uns plus beaux que les autres, tous rayonnant de richesse, entourés de splendeurs et de pompe, elle songea, le cœur serré, à sa propre destinée, et maudit sa fierté, son orgueil qui l'avaient tant abaissée et précipitée dans la misère. De temps à autre, quand on apportait et emportait des mets de la table royale, dont l'odeur succulente arrivait jusqu'à elle, les domestiques lui en donnaient quelques morceaux, quelques miettes, et elle mettait le tout dans ses petits pots pour le rapporter chez elle.

Soudain le fils du roi entra, vêtu de velours et de soie, et une chaîne d'or au cou. Et quand il vit cette pauvre femme si belle arrêtée à la porte, il la prit par la main et voulut ouvrir le bal avec elle, mais elle refusa et tressaillit d'émotion, car elle reconnut que c'était le roi Barbe de Grive qui avait demandé sa main, et qu'elle avait repoussé avec raillerie. Mais sa résistance n'y fit rien, il l'entraîna dans la salle ; alors le cordon auquel étaient attachées les poches se défit, les petits pots tombèrent à terre et la soupe lui coula sur la jupe, tandis que les miettes de pain sautillèrent autour d'elle. Et quand les assistants virent cela, ils éclatèrent de rire et se moquèrent d'elle, et elle était si honteuse qu'elle aurait voulu être à cent pieds sous terre.

Elle s'élança vers la porte et voulut s'enfuir, mais quelqu'un l'arrêta dans l'escalier et la ramena. Et quand elle le regarda, c'était encore le roi Barbe de Grive.

Il lui dit avec bonté :

— Ne t'effraie pas : le mendiant, qui

demeurait avec toi dans la petite maison misérable, et moi nous ne faisons qu'un ; c'est par amour pour toi que j'ai pris ce déguisement, et ce hussard qui t'a cassé toute ta vaiselle sous les pieds de son cheval, c'est encore moi. J'ai fait tout cela pour te corriger de ta fierté et te punir de ton orgueil, qui m'a fait l'objet de ta raillerie.

Alors elle pleura amèrement et dit :

— J'ai eu grand tort et ne suis pas digne d'être ta femme.

Mais il répondit :

— Console-toi, le jour d'épreuves est passé ; nous célébrons nos noces aujourd'hui.

A ce moment les suivantes de la jeune reine entrèrent, et la revêtirent d'habits somptueux, et son père arriva avec toute sa cour, et tout le monde la félicita de son mariage avec le roi Barbe de Grive, et le vrai bonheur commença pour elle.

LE VIEUX CHIEN ET LE PETIT MOINEAU

Un vieux chien était à l'attache. Près de lui, au coin de sa niche, se trouvait son écuelle de pâtée. C'était l'hiver. La terre était dépouillée de toute végétation. Les vers s'étaient enfoncés bien profondément dans le sol. Les oiseaux étaient partis pour des climats plus doux, et ceux qui restaient mouraient de faim. Un petit moineau sautillait de place en place, cherchant vainement quelque chose à picorer.

— Bon chien, dit-il, en apercevant la pâtée, aie pitié de moi ; tu as ton écuelle pleine, laisse-moi en prendre quelque peu. Cela te portera bonheur.

Le chien fit un signe de tête en guise d'acquiescement et le moineau s'approcha bravement, monta sur le rebord de l'écuelle et plongea son bec dans la bouillie. Puis, relevant la tête, il battit des ailes avec joie pour témoigner de son contentement et de sa reconnaissance.

A quelques jours de là, le moineau, errant aux abords de la niche, entendit cette conversation du fermier et de sa femme :

— Médor devient trop vieux pour nous être utile. Il n'a plus de dents et ne peut plus faire bonne garde, il est presque aveugle.

— C'est vrai, dit la femme, et tous les jours nous le nourrissons sans qu'il nous rende aucun service. Par ces temps de cherté, c'est une bouche de trop et nous ne pouvons vraiment prendre sur le pain de nos enfants pour le lui donner.

— Il a été un bon serviteur pendant de longues années, objecta le paysan.

— Sans doute, mais le passé est le passé, et le présent est le présent ; je dis que cette bête ne saurait nous être plus longtemps à charge, et qu'il faut...

— La tuer, jamais !

— Non, je ne suis pas aussi barbare que tu le penses. Je te conseille seulement de lui donner la liberté. Il s'en ira, comme font tant d'autres chiens errant sur la route, dans les bois, nombreux du reste en ce pays et peu éloignés d'ici. Il ne mourra pas de faim, mais nous n'aurons plus à faire de dépenses pour lui.

Le paysan, autant pour ne pas avoir de discussions que pour saisir un prétexte de suivre l'avis de sa femme, alla couper la corde qui retenait le chien, et Médor, comme s'il avait compris ce que l'on attendait de lui, s'éloigna, baissant tristement la tête et n'osant pas même regarder ses maîtres, dont il avait été jusqu'alors l'ami dévoué.

Pas à pas, il entra dans le bois. Il y fit la rencontre du petit moineau qui, lui aussi, avait cherché là un refuge.

— Ne me raconte point ton malheur, dit l'oiseau avec compassion, je le connais ; les hommes sont des ingrats, apprends à les oublier. Nous vivrons ensemble si tu le veux et nous partagerons ce que nous trouverons. Je monterai sur ton dos quand je serai fatigué, et lorsque toi-même tu seras las, tu te coucheras pendant que j'irai à la maraude.

— Mais tu es bien petit ? fit dolemment Médor.

— Le courage suppléera aux forces. Tu n'auras pas à te plaindre de moi. D'ailleurs ne te dois-je pas une éternelle reconnaissance ?

Et pour prouver sur-le-champ ce que l'on pouvait attendre de lui, le friquet s'envola en criant :

— Pi-ouitt ! pi-ouitt ! Adieu ! à bientôt.

Il revint, en effet, quelques instants après, tenant dans son bec un énorme morceau de pain qu'il traînait plus qu'il ne le portait, tant le butin était lourd.

— Je l'ai pris dans la cuisine même de la ferme, dit-il avec orgueil, et j'y retournerai aussi souvent qu'il le faudra.

Deux jours s'écoulèrent de la sorte, mais c'était presque toujours le tour de corvée du moineau. Le chien, succombant sous le poids de l'âge, ne pouvait plus même rivaliser de vitesse et d'agilité avec un lapin.

Un matin, les deux amis étaient arrivés sur une chaussée ; Médor, épuisé de fatigue, quoiqu'il n'eût guère marché, s'était couché en travers de la route, incapable d'aller plus loin. Le petit moineau sautillait aux environs, fouillant la terre de son bec pour découvrir et happer quelque insecte imprudent. Au loin on entendait le roulement d'une voiture, et le bruit de son approche devenait de moment en moment plus distinct. Bientôt l'oiseau aperçut à une distance encore assez grande trois chevaux de trait attelés en flèche, tirant un lourd chariot. Le voiturier était sur son siège et faisait claquer son fouet.

— Lève-toi, dit le friquet en volant jusqu'auprès de Médor.

Mais le chien, plongé dans la torpeur, ne l'entendait pas et ne le comprenait pas.

A mesure que l'attelage s'avançait, les sollicitations du moineau devenaient plus pressantes.

— Lève-toi, disait-il avec alarme, lève-toi, ils vont t'écraser.

Hélas ! le pauvre Médor n'était plus en état de se lever.

Le moineau vola alors vers les chevaux. Il les supplia de dévier de leur route. Et déjà, sensibles à sa prière, ils obéissaient, lorsque le voiturier, les tirant brusquement à lui, les ramena dans leur premier chemin.

Alors le moineau s'adressa à l'homme lui-même :

— Mon ami est là-bas, étendu, malade, mourant peut-être, dit-il ; je te préviens, la route est assez large pour que tu puisses passer sans le toucher. Homme, sois bon, sois clément.

Mais l'homme resta sourd à ses supplications et fouetta ses chevaux à tour de bras. Et les chevaux suivirent la ligne qu'il leur traçait, et la roue pesante passa sur les reins de Médor et l'écrasa.

Le chien ne fit pas un mouvement, il avait reçu le coup de la mort comme un bienfait ; mais le moineau avait poussé un cri déchirant, un cri qui eût dû retentir jusqu'au cœur du voiturier, si ce voiturier avait eu un cœur.

— Homme ! dit alors le moineau, je vengerai mon ami et ta cruauté te coûtera la vie.

Le voiturier répondit par un éclat de rire accompagné d'un coup de fouet. Peu s'en fallut qu'il n'atteignit l'oiseau, mais le friquet eut le temps de se dérober au coup qui lui était destiné et de nouveau il cria :

— Homme, je vengerai mon ami et ta cruauté te coûtera la vie.

L'attelage continua d'avancer, tandis que le

moineau ne cessait de voleter autour des chevaux. De temps à autre le voiturier le pourchassait avec son fouet, mais toujours sans succès. Une fois, pris d'impatience et de colère, il lança le fouet même à la tête de l'oiseau, qui s'échappa de nouveau. Le fouet alla tomber au fond d'une rivière qui coulait à proximité de là, et le voiturier n'eut qu'à en déplorer la perte, à sa grande rage.

Cependant le moineau ne se lassait pas de représailles. Il était d'autant plus hardi qu'il se savait plus sûr maintenant de l'impunité. Il allait d'un cheval à l'autre, les criblant tour à tour de coups de bec, et les chevaux ruaient, se jetaient de côté, hennissaient sous l'incessante torture, sans que le voiturier pût réprimer leurs mouvements.

A la fin, l'homme exaspéré alla prendre dans sa voiture une hache, et, visant bien l'oiseau, lui asséna un coup terrible. Le coup porta, mais au lieu de frapper le moineau, l'arme fendit le crâne du premier des chevaux, qui omba, entraînant avec lui les deux autres. La voiture était en ce moment sur une pente ; les mouvements désordonnés des deux chevaux encore vivants, qui essayaient de se relever, aidés par le voiturier, imprimèrent aux roues une secousse qui leur fit descendre la pente avec une force irrésistible. L'homme n'eut pas le temps de se garer, il glissa, son bras droit et sa tête s'engagèrent sous la voiture. Il fut broyé, affreusement mutilé et expira presque aussitôt après.

Le petit moineau avait vengé Médor.

LES MUSICIENS DE BRÊME

Un homme avait un âne qui avait pendant de nombreuses années, sans jamais se lasser, porté les sacs au moulin; mais la pauvre bête était maintenant à bout de forces, et devenait de jour en jour plus incapable de travailler en rendant service. Aussi son maître songea-t-il à s'en débarrasser pour faire l'économie du fourrage; mais l'âne, voyant d'où venait le vent, décampa et prit le chemin de Brême.

— Là, se dit-il, je pourrai devenir musicien de la ville.

Après avoir marché quelque temps, il trouva couché sur le chemin un chien de chasse qui geignait, épuisé de lassitude, tant il avait couru.

— Hé! Grippaud, demanda l'âne, qu'as-tu donc, de quoi te plains-tu?

— Ah! dit le chien, parce que je suis vieux et deviens de plus en plus faible, parce que je ne puis plus aller à la chasse, mon maitre a voulu me tuer, j'ai filé; mais comment vais-je gagner mon pain maintenant?

— Sais-tu que, dit l'âne, je vais à Brême pour y être musicien de la ville? viens avec moi et fais-toi inscrire aussi comme gagiste. Je prendrai le trombone et toi les timbales.

Le chien accepta avec joie et ils allèrent plus loin.

Bientôt ils virent sur le chemin un chat qui faisait une mine grise comme trois jours de pluie.

— Hé! qu'est-ce donc qui te chiffonne, vieux Gratte-barbe? demanda le chien.

— Tu crois qu'on peut être gai, quand on en est où j'en suis, répondit le chat : parce que je prends de l'âge et que mes dents s'émoussent, que j'aime mieux m'asseoir au coin du feu et faire ronron que de donner la chasse aux souris, ma maîtresse veut me noyer; je n'ai pas encore détalé, mais si je ne le fais pas, c'est que je ne sais où aller.

— Viens avec nous à Brême, tu t'entends aux nocturnes, tu pourras devenir musicien de la ville.

Le chat trouva l'avis bon et les accompagna.

Non loin de là, les trois émigrants passèrent devant une ferme. Sur le portail était perché un coq qui criait de toutes ses forces.

— Tu cries à nous remuer les moelles, dit l'âne, qu'as-tu donc?

— Ce que j'ai! repartit le coq. J'ai prédit du beau temps parce que c'est le jour où Notre-Dame a lavé la chemise du petit Jésus et l'a fait sécher, mais demain c'est dimanche, il nous vient du monde et ma maîtresse n'a pas pitié de moi; elle a dit à la cuisinière de me mettre au pot demain et ce soir on doit me couper le cou. C'est pour cela que je crie à me rompre le gosier, c'est mon dernier chant.

— Eh ! Crête rouge, dit l'âne, viens plutôt avec nous ; nous allons à Brême, tu trouveras partout mieux que la mort, tu as une bonne voix, nous ferons un orchestre ensemble et on s'en tirera bien.

Le coq trouva la proposition de son goût et ils partirent tous quatre.

Mais ils ne pouvaient arriver à Brême en un jour. Ils atteignirent, au soir, une forêt où ils voulurent passer la nuit. L'âne et le chien se couchèrent sous un grand arbre, le chat et le coq se logèrent dans les branches, mais le coq vola jusqu'à la cime, où l'on était plus en sécurité. Avant de s'endormir, il interrogea les quatre vents. Alors il crut voir dans le lointain brûler une étincelle, et il appela ses compagnons : il devait y avoir une maison pas loin de là, car on apercevait une lumière.

— Eh bien, dit l'âne, levons le camp et allons jusque-là, car ici l'auberge n'est guère bonne.

Le chien se dit qu'une couple d'os et un peu de viande après ne lui feraient pas de mal.

Ils se mirent donc en route vers l'endroit où brillait la lumière, et ils la virent bientôt scintiller plus distinctement ; elle devint de plus en plus vive, jusqu'à ce qu'à la fin ils arrivèrent devant une maison de brigands.

L'âne, qui était le plus grand, s'approcha de la fenêtre et regarda à l'intérieur.

— Que vois-tu, Grison ? demanda le coq.

— Ce que je vois ? répondit l'âne, une table chargée de mets appétissants et de boissons, et tout autour des brigands qui se font du bien.

— Nous devrions avoir ça, dit le coq.

— Oui, oui, ah! si nous avions ça, repartit l'âne.

Les quatre camarades délibérèrent comment ils devaient s'y prendre pour donner la fuite aux brigands et trouvèrent enfin un moyen.

L'âne devait appuyer les pieds de devant sur

la fenêtre, le chien lui sauterait sur le dos, le chat grimperait sur le chien et le coq d'un coup d'aile se percherait sur la tête du chat.

Cela fait, au signal donné, l'orchestre partit à l'unisson: l'âne se mit à braire, le chien à aboyer, le chat à miauler, le coq à chanter. Puis ils s'élancèrent dans la chambre par la fenêtre dont les vitres volèrent en éclats.

A ce vacarme affreux, les brigands sortirent en criant, croyant qu'ils avaient affaire à des revenants, et s'enfuirent épouvantés dans la forêt.

Alors les quatre compagnons s'assirent à la table, se régalèrent de ce qui restait, et mangèrent comme s'ils mouraient de faim depuis quatre semaines.

Quand les quatre musiciens eurent achevé leur festin, ils éteignirent la lumière et se cherchèrent un lit, chacun d'après sa nature et sa convenance. L'âne s'allongea sur le fumier, le chien derrière la porte, le chat dans l'âtre près de la cendre chaude ; le coq monta sur la porte qui servait de perchoir, et comme ils étaient fatigués d'avoir tant marché, ils ne tardèrent pas à s'endormir.

Quand minuit fut passé, les brigands voyant de loin qu'il n'y avait plus de lumière dans la maison et que tout y paraissait en repos, le chef dit :

— Nous n'aurions pas dû pendre nos jambes à notre cou, comme des poltrons.

Il commanda de rentrer dans la maison et de la fouiller.

Le brigand chargé de cette mission trouva tout en paix. Il entra dans la cuisine pour allumer sa lampe, et prenant les yeux ouverts et flamboyants du chat pour deux charbons brûlants, il en approcha une allumette, qu'il voulait faire partir. Mais le chat n'entendait pas raillerie, il lui sauta au visage, cracha et égratigna. L'homme eut peur, et courut à la porte de derrière pour s'échapper, mais le chien, qui y était couché, sauta sur lui et le mordit à la jambe, et quand il passa dans la cour devant le fumier, l'âne lui allongea un vigoureux coup de pied. Le coq, tiré de son sommeil, mais déjà vaillant, cria du haut de son perchoir : cocorico !

Le brigand courut, époumoné, rejoindre son capitaine :

— Ah ! s'écria-t-il, dans la maison il y a une affreuse sorcière qui m'a soufflé au visage et m'a de ses longs doigts égratigné la figure. Devant la porte il y a un homme avec un grand couteau qu'il m'a planté dans la jambe; et dans la cour il y a un monstre noir qui m'a assommé avec une massue de bois. Sur le toit était le juge qui criait : qu'on m'amène le bandit. Je n'ai eu que le temps de tirer mes guêtres.

Les brigands ne s'aventurèrent plus à pénétrer dans la maison où les quatre musiciens de Brême se trouvèrent si bien qu'ils n'en voulurent plus déloger.

LE VIEUX SULTAN

Un paysan avait un chien fidèle, appelé Sultan, et devenu si vieux qu'il avait perdu toutes ses dents et ne pouvait presque plus rien saisir. Un jour, le paysan, se tenant avec sa femme à la porte de sa maison, dit :

— Demain je donnerai un coup de fusil à Sultan, il n'est plus bon à rien.

La femme, qui avait pitié de ce vieux gardien si dévoué, répondit :

— Il nous a servi tant d'années avec tant de zèle et de fidélité que nous pourrions bien lui faire grâce et le nourrir jusqu'à ce qu'il meure de sa mort naturelle.

— Tu n'y penses pas, repartit l'homme, il n'a plus de dents, les voleurs n'ont plus peur de lui, autant vaut s'en débarrasser de suite : s'il a bien servi, il a bien mangé.

Le pauvre chien, qui était couché au soleil, à quelques pas de là, avait tout entendu et pleurait sa fin si prochaine. Il avait un bon ami, qui était le loup. Le soir, il se traina jusqu'à lui dans la forêt et lui apprit en gémissant ce qui le menaçait le lendemain.

— Compère, dit le loup, ne te désespère point, je te tirerai de ce pas. J'ai une idée. Demain au point du jour le maître et sa femme vont aux foins et ils emportent leur petit enfant, parce qu'il n'y a personne à la maison pour le garder. Ils le couchent, pendant le travail, à l'ombre derrière la haie. Couche toi à côté de lui, comme tu le fais d'ordinaire. Je sortirai de la forêt et je viendrai prendre l'enfant, tu courras après moi, comme si tu voulais me donner la chasse. Je le laisserai tomber et tu le rapporteras aux parents qui croiront que c'est toi qui l'as sauvé et qui seront trop reconnaissants pour te faire, après un tel service, le moindre mal. Tu resteras au contraire dans leurs bonnes grâces et ils auront soin de tes vieux jours.

La proposition plut au chien et le projet fut exécuté comme il avait été convenu. Le père jeta un cri quand il vit le loup courir à travers champs avec son enfant dans la gueule, mais lorsque le vieux Sultan le lui rapporta, il témoigna toute sa joie, le caressa et dit :

— On ne te touchera pas un poil, et tu auras du pain, tant que tu vivras.

Et il dit à sa femme :

— Va préparer une bouillie pour le vieux Sultan, cela le réconfortera, et il n'aura pas besoin de mordre, et prends l'oreiller de mon lit, je le lui donne pour se coucher dessus.

Le vieux Sultan n'eut dès lors plus rien à souhaiter.

Quelque temps après, il reçut la visite du loup et se réjouit avec lui de la bonne issue de leur plan.

— Mais, compère, dit le loup, j'espère bien que tu fermeras l'œil, quand par occasion je viendrai enlever une brebis à ton maître. Les temps sont durs aujourd'hui.

— N'y compte pas, répondit le chien, je ne consentirai jamais à cela, je veux rester fidèle à mon maître.

Le loup, croyant qu'il ne parlait pas sérieusement, vint à la nuit rôder par là et voulut mettre la dent sur un agneau. Mais le paysan, averti par le fidèle gardien, donna au ravisseur une bonne peignée avec le fléau. Le loup détala, mais il cria au chien :

— Attends-toi à la revanche, ingrat.

Le lendemain, le loup envoya dire au chien par le sanglier qu'il l'attendait dans la forêt où ils videraient leur affaire. Le vieux Sultan n'avait d'autre appui que le chat, qui n'avait plus que trois pattes, et lorsqu'ils se mirent en route ensemble, le pauvre minet allait boitant, sautant, et, dans sa douleur, raidissait sa queue qui se tenait toute droite en l'air. Le loup et son témoin étaient déjà sur le terrain; quand ils virent arriver le témoin du chien, ils crurent qu'ils avaient affaire à un adversaire armé d'un grand sabre, prenant pour tel la queue droite du chat. Et quand le pauvre animal sauta sur ses trois pattes, ils se persuadèrent qu'il se baissait pour ramasser une pierre et la leur lancer. Alors ils eurent peur tous les deux : le sanglier se cacha dans les herbes et le loup monta sur un arbre. Le chien et le chat en arrivant furent surpris de ne voir personne. Mais le sanglier ne s'était pas assez bien dérobé : ses oreilles sortaient de l'herbe. Le chat, regardant prudemment derrière lui, aperçut ces oreilles, crut que c'était une souris, sauta dessus et mordit si fort que le sanglier s'enfuit en hurlant et cria :

— Il est là-haut sur l'arbre, c'est lui qui a tout fait.

Le chien et le chat levèrent la tête et ils découvrirent le loup qui eut honte de sa frayeur, et fit la paix avec le vieux Sultan.

SIX SOLDATS DE FORTUNE

Il y avait une fois un homme qui était habile à tous les métiers ; il avait servi sous les drapeaux et s'était montré hardi et brave, mais à la fin il fut licencié avec trois liards et son congé.

— Je ne supporterai pas cet affront, dit-il, attendez que je trouve l'homme qui m'aidera et j'obligerai bien le roi à me livrer tous ses trésors avant qu'il en ait fini avec moi.

Là-dessus, plein de rage, il se rendit dans la forêt et il vit quelqu'un qui se tenait près de six arbres qu'il avait déracinés comme s'il n'eût été question que de tiges de blé. Il lui dit :

— Veux-tu être mon homme et venir avec moi ?

— Parfaitement, répondit l'autre; attendez que j'aie porté un peu de bois à ma mère et à mon père.

Et prenant l'un des arbres, il le tordit de manière à en faire un lien pour attacher les cinq autres, puis il jucha ce fagot sur son épaule et l'emporta. Il revint bientôt et suivit son guide, qui lui dit :

— A deux, comme nous sommes, nous tiendrons tête au monde entier.

Quand ils eurent marché quelque temps, ils aperçurent un chasseur qui, un genou en terre, le fusil épaulé, s'apprêtait à tirer.

— Chasseur, dit le guide, que vises-tu ?

— A deux lieues d'ici, répondit-il, je vois une mouche sur une branche de chêne. Je veux lui envoyer une balle dans l'œil gauche.

— Oh! viens avec moi! s'écria le guide, à trois comme nous sommes, nous tiendrons tête au monde entier.

Le chasseur consentit volontiers à l'accompagner, et ils poursuivirent leur route jusqu'à ce qu'ils fussent arrivés à sept moulins dont les ailes tournaient rapidement, quoiqu'il n'y eût de vent d'aucune aire, car pas une feuille ne bougeait.

— Ma foi, dit le guide, je ne puis comprendre ce qui fait tourner ces moulins sans le vent.

Il alla avec ses compagnons à deux lieues plus loin, et là, ils découvrirent un homme perché sur un arbre, tenant d'une main une de ses narines fermée et soufflant de l'autre.

— Eh là, demanda le guide, que fais-tu?

— A deux lieues d'ici, répondit l'homme, il y a sept moulins, je souffle et ils tournent.

— Oh! s'écria le guide, tu devrais venir avec moi, à quatre comme nous sommes nous tiendrons tête au monde entier.

Le souffleur descendit de l'arbre et les suivit. Au bout de quelque temps ils virent un homme debout sur une jambe, l'autre ayant été enlevée et gisant à côté de lui.

— Voilà une drôle de manière de se reposer, dit le chef de la troupe.

— Je suis coureur, répondit l'homme, et pour m'empêcher de marcher trop vite avec mes deux jambes, qui me font aller plus rapidement que l'oiseau, j'en ai ôté une.

— Oh! viens avec nous, dit le chef, à cinq comme nous sommes nous tiendrons tête au monde entier.

Ils se remirent tous en route, et bientôt après ils trouvèrent un homme qui portait un petit chapeau campé sur l'oreille.

— Oh, oh! dit le chef, avec ton chapeau ainsi posé tu as l'air d'un fou.

— Je me garderai bien de le mettre tout droit sur ma tête, répondit l'homme, car si je le faisais, il y aurait un froid si terrible que les oiseaux eux-mêmes seraient gelés dans leur vol et tomberaient raide morts sur le sol.

— Oh! dit le chef, viens avec nous, à six comme nous sommes, nous tiendrons tête au monde entier.

Les six compagnons continuèrent leur

voyage et ils arrivèrent dans une ville dont le roi venait de faire proclamer que celui qui voudrait lutter de vitesse avec sa fille et l'emporterait sur elle, aurait droit de l'épouser; au contraire, s'il était vaincu, il paierait sa défaite de la tête.

Le chef de la troupe s'avança et dit que l'un de ses hommes était prêt à soutenir ce pari.

— C'est convenu, dit le roi, mais il doit donner sa tête pour enjeu, et s'il la perd, la tienne et celle de tous tes compagnons tomberont également.

Cette convention faite et signée, le chef appela le coureur et lui attacha sa seconde jambe.

— Va maintenant, dit-il, et ne manque pas de gagner.

Il avait été convenu que celui qui rapporterait de l'eau d'une source éloignée serait reconnu vainqueur. La fille du roi et le coureur prirent chacun un broc, et tous deux partirent au même instant; mais quand la fille du roi n'avait encore franchi qu'une toute petite distance, le coureur était déjà hors de vue, car il allait comme le vent. En quelques minutes il arriva à la source, remplit son broc d'eau, et revint. Mais à mi-chemin il se sentit accablé de fatigue, déposa son broc à terre et se coucha pour se reposer. Le sommeil le gagna. Pour se réveiller vite en ne se faisant pas un lit trop doux, il avait pris une tête de cheval mort et l'avait mise sous la sienne en guise d'oreiller. Pendant ce temps, la fille du roi, qui excellait, en effet, à la course, et pouvtait battre facilement un coureur ordinaire, était arrivée à la source, avait rempli son proc, et se hâtait de revenir, quand elle vit le coureur endormi.

— J'ai gagné, dit-elle avec joie. Elle vida le broc de son rival, et reprit sa course.

Tout aurait été inévitablement perdu si le chasseur, qui était posté sur le mur du château, n'avait vu de son œil perçant ce qui se passait.

— Nous ne pouvons nous laisser battre par la fille du roi, pensa-t-il.

Il chargea son fusil et visa si bien que d'une première balle il brisa la tête de cheval servant d'oreiller au coureur, sans faire aucun mal à ce dernier.

Le coureur s'éveilla en sursaut, vit son broc vidé, et aperçut la fille du roi qui se rapprochait du palais à toute vitesse. Il ne perdit pas courage, courut à la source, remplit de nouveau son broc, et réussit à atteindre le but dix minutes avant la fille du roi.

— Eh! dit-il, c'est la première fois que j'ai fait aller mes jambes; car je n'avais jamais fait jusqu'ici ce que l'on peut appeler vraiment courir.

Le roi fut très vexé et sa fille aussi d'avoir été battus par un simple soldat licencié, aussi se consultèrent-ils sur le moyen de se débarrasser de lui et de ses compagnons.

— J'ai mon plan, dit le roi; nous serons bientôt délivrés d'eux à jamais.

Il alla vers les six compagnons et les invita à boire et à manger et à festoyer gaiement ; puis il les conduisit dans une chambre dont le plancher était en fer, les fenêtres pourvues de châssis de fer et de verrous ; dans cette chambre il y avait une table dressée sur laquelle se trouvaient les mets les plus exquis.

— Voilà, dit-il, régalez-vous à votre aise.

Quand ils furent entrés, il fit fermer, murer, verrouiller les portes. Puis il appela le cuisinier et lui ordonna de faire un grand feu sous le plancher de cette chambre, de manière à le rougir à blanc. Le cuisinier obéit et les six compagnons commencèrent à éprouver l'effet de cette chaleur, qu'ils mirent d'abord sur le compte de leur bon repas ; mais comme la chaleur devenait d'instant en instant plus forte, ils voulurent ouvrir les portes et les fenêtres qui étaient verrouillées. Alors ils devinèrent que le roi avait imaginé un plan pour les asphyxier.

— Il n'y parviendra pas, dit l'homme au

petit chapeau ; je vais amener un si grand froid que le feu aura honte et s'en ira.

Il redressa son chapeau et aussitôt il y eut une telle gelée que toute la chaleur disparut et que les mets n'étaient plus que de la glace.

Au bout d'une heure ou deux, le roi, persuadé qu'ils étaient tous morts étouffés par la chaleur, fit ouvrir la porte et arriva lui-même pour juger de son triomphe. Mais quand la porte fut ouverte, il vit, à sa grande stupéfaction, que les six compagnons étaient sains et saufs et tout prêts à sortir de leur prison pour se chauffer un peu, dirent-ils, car le froid avait gelé les mets sur la table. Plein de colère, le roi manda le cuisinier en sa présence, l'apostropha vivement et voulut savoir pourquoi ses ordres n'avaient pas été exécutés.

— Mais il fait une chaleur d'enfer là-dedans, répondit le cuisinier. Votre Majesté peut en juger par elle-même.

Le roi vit, en effet, un feu immense, pareil à un incendie sous le plancher de fer, et il comprit que le moyen qu'il avait imaginé ne pourrait le débarrasser des six soldats de fortune. Alors il conçut un nouveau plan, il fit appeler le chef de la troupe et lui dit :

— Si tu veux renoncer à tes droits sur la main de ma fille, je te donnerai autant d'or que tu voudras.

— Parfaitement, sire, répondit l'homme, donne-moi autant d'or que mon serviteur en pourra porter, et je renoncerai à tous mes droits à ta fille.

Le roi accepta cette proposition et il fut entendu que l'on viendrait chercher l'or dans quinze jours. Le chef de la troupe profita de ce temps pour rassembler tous les tailleurs du royaume et leur faire coudre un sac, auquel ils travaillèrent pendant les quinze jours d'arrache-pied. Quand le sac fut prêt, l'homme fort qui avait déraciné des arbres le prit sur l'épaule et s'en alla vers le roi.

— Quel est ce géant qui porte un sac aussi grand qu'une maison ? s'écria le roi, terrifié à la pensée qu'il allait devoir donner tous ses trésors. Il fit apporter une somme d'or et il fallut seize ouvriers robustes pour la mouvoir. L'homme fort la prit d'une main et la jeta dans le sac.

— Vous ne m'apportez que cela, dit-il avec mépris ; voyez, mon sac est encore aux trois quarts vide.

Le roi fut bien obligé de le remplir et tous ses trésors y passèrent. Malgré cela, le sac n'était plein qu'à demi.

— Apportez d'autre or, s'écria l'homme. Vous avez promis, tenez votre promesse.

On chargea sept mille chariots de tout l'or des mines du royaume, et l'homme jeta le tout, or, chariots et bœufs, dans son sac.

— Je n'y regarderai pas de trop près, dit-il, pourvu que mon sac soit plein, je prendrai tout ce que je trouverai.

Et quand il eut tout pris, il y avait encore de la place dans le sac.

— Il faut en finir, dit-il, le sac n'est pas plein ; soit, je le lierai plus facilement.

Il le jeta sur son épaule et s'en alla vers ses compagnons,

Quand le roi se vit dépouillé de toutes les richesses de son royaume par un seul homme, il entra dans une violente colère, et il ordonna à sa cavalerie de poursuivre les six soldats de fortune et de reprendre le sac à l'homme.

Deux régiments partirent au galop et sommèrent les compagnons de se rendre à merci ; de restituer le sac, sous peine d'être massacrés.

— Prisonniers, dites-vous ! ricana l'homme qui soufflait de la narine, vous avez donc envie de faire une petite promenade en dansant dans les airs.

Ce disant, il boucha sa narine d'une main, et de l'autre narine il souffla si fort que les régiments s'envolèrent au loin par-dessus les montagnes.

Mais un sergent qui avait neuf blessures et qui était un brave, pria le souffleur de ne pas lui faire cet affront.

L'homme le laissa retomber sans qu'il en eût aucun mal et lui dit d'aller trouver le roi et de l'informer que tous ceux qu'il enverrait pour reprendre le sac auraient le même sort que les deux régiments. Un souffle les emporterait.

Quand le roi apprit cela, il dit :

— Il n'y a rien à faire, laissez ces gens, ils ont raison après tout.

Les six compagnons revinrent chez eux avec le trésor, qu'ils se partagèrent, et ils vécurent heureux et contents jusqu'à ce qu'ils moururent.

MARGOTON

Margoton n'était pas une méchante fille, certes non, et son maître, le notaire de Patrisey, assurait à bon droit qu'il n'y avait point, à vingt lieues à la ronde, de meilleure cuisinière qu'elle ; mais on lui connaissait au moins deux défauts, et c'étaient deux défauts graves, qu'elle ne pouvait cacher : le mensonge et la gourmandise.

Un jour que le notaire attendait un ami d'une petite ville voisine, il dit à Margoton :

— Vous choisirez deux beaux poulets dans la basse-cour et vous les mettrez à la broche. Nous déjeunerons à midi.

Par extraordinaire Margoton était d'excellente humeur. Aussitôt elle se mit en devoir de préparer le repas et tel était son entrain qu'elle s'écria :

— Ils s'en lécheront les doigts, oui.

Bientôt le feu pétilla dans l'âtre, la flamme monta en joyeuses spirales sous le manteau de la haute cheminée de bois ; les poulets bien plumés, bien vidés, bien troussés, bien embrochés, tournaient en mouvements réguliers, se dorant peu à peu, et emplissant la cuisine de ce parfum qui invite à l'appétit.

Pendant ce temps, la grande aiguille courait tout autour du cadran de l'horloge sans s'arrêter et la petite aiguille, entraînée dans sa marche, se mouvait de place en place, se rapprochant d'heure en heure de la verticale où la rencontre des deux infatigables promeneuses marque midi.

Le moment de cette rencontre n'était plus éloigné que d'une dizaine de minutes, lorsque Margoton pénétra dans la salle à manger, où le notaire, assis dans son fauteuil, lisait le journal.

Vite elle sortit de l'armoire de chêne, qui montait jusqu'au plafond, une belle nappe damassée et deux serviettes toutes blanches;

puis elle prit dans le vieux buffet sculpté les assiettes et les plats en porcelaine décorée, les couverts en argent où elle se mira avec un petit mouvement de coquetterie. En un clin d'œil tout se trouva rangé, dressé à souhait. Les bouteilles pleines s'irisant aux rayons du soleil qui pénétrait par la fenêtre ouverte, les verres taillés disposés par ordre de grandeur et mariant avec harmonie leurs couleurs, blanches, vertes et rouges, les plateaux et les dessous de carafes en argent complétèrent la symétrie.

Midi sonna, tout était prêt. Margoton courut à la cuisine, retira les poulets de la broche et les déposa sur le plat, côte à côte. On n'attendait plus que le convive.

Le convive n'arriva pas.

Un quart d'heure s'écoula. Quart d'heure d'anxiété, de dépit, de mécontentement, d'impatience du notaire de Patrisey, d'exclamations de plus en plus significatives de la cuisinière.

— Il sera venu par la diligence, et la dili-

Mes poulets ne vaudront plus rien du tout si on ne les mange pas tout de suite.

gence aura été retardée en route, dit l'amphitryon, en aparté, mais assez haut pour être entendu de Margoton. La diligence aura versé, ajouta-t-il une demi-heure plus tard. Et toujours de convive point.

— Il faut qu'il se soit passé quelque chose d'extraordinaire, s'écria à la fin Margoton. Monsieur fera bien d'aller y voir. Mes poulets ne vaudront plus rien si on ne les mange pas tout de suite.

Le notaire se décida, après quelque réflexion, à suivre le conseil de son cordon bleu. Il endossa un pardessus, se coiffa de son chapeau gris, se chaussa de ses souliers à lacets, prit son bâton et partit.

Margoton, debout à la fenêtre, le suivit quelque temps des yeux et le vit disparaître au tournant du chemin. Ensuite elle courut inspecter ses poulets qu'elle contempla, les bras croisés sur sa poitrine, d'un regard chagrin, devenant petit à petit furieux.

Une heure se passa. Le maître du logis et l'invité ne venaient pas.

Margoton, les yeux cloués sur les poulets, n'avait point bougé de place. Elle voyait sa réputation de cuisinière décidément compromise, n'ignorant pas que l'on s'en prendrait à elle, sans tenir compte des circonstances.

Insensiblement la faim commença à la taquiner.

— Pauvres poulets! se lamenta Margoton, celui de gauche a déjà l'aile droite toute racornie, je ne puis le servir convenablement dans cet état. Coupons-lui cette aile et mangeons-la. Il n'y paraîtra rien du reste, et en les servant l'un contre l'autre on ne s'en apercevra point.

Elle fit avec dextérité l'amputation. L'aile était délicieuse.

— Pourquoi n'enlèverais-je pas la cuisse du même côté? se dit Margoton. On en fera d'autant moins la remarque qu'il est tout naturel qu'un poulet, privé d'une aile, n'ait qu'une patte.

Et sans s'arrêter à ce que ce raisonnement pouvait avoir d'illogique, elle procéda avec la même habileté qu'auparavant à l'ablation du second membre qu'elle trouva tout aussi exquis. Puis, pour faciliter la digestion, elle déboucha une bouteille de vin vieux et s'en versa un grand verre qu'elle vida d'un trait.

Entre temps, le notaire et son ami prolongèrent leur retard.

— Décidément, fit Margoton, j'ai eu tort de me servir avant les autres. Il est évident que monsieur verra la soustraction du premier coup d'œil. D'ailleurs on ne sert pas à table un poulet commencé.

Et, se fondant sur cette conclusion, Margoton acheva pour son propre compte le poulet déjà estropié. Deux ou trois rasades succédèrent à ce copieux repas.

Tout en mangeant, elle avait essayé à sa façon le discours qu'elle tiendrait à son maître pour lui expliquer comment au lieu de deux poulets promis il n'y en avait qu'un. Il serait facile d'accuser le chien, de narrer sa brusque invasion dans la cuisine, l'audace avec laquelle il s'était emparé de l'une des deux bêtes appétissantes, et la chasse qu'on lui avait donné vainement.

Margoton en était là de ses précautions oratoires quand elle entendit un bruit de pas sur le chemin. Elle avala sa dernière bouchée au risque de s'étouffer et courut à la porte, le sourire aux lèvres, pour recevoir le notaire et son ami.

Au lieu de deux personnes, elle n'en vit arriver qu'une, et celle-ci n'était ni l'un ni l'autre de ceux qu'elle attendait. C'était tout bonnement Toniot, le voiturier, qui venait de remiser son cheval et sa voiture. Margoton lui demanda s'il n'avait pas vu le notaire sur la route; il répondit négativement. La conversation se continua de fil en aiguille; Margoton ne détestait pas Toniot et Toniot ne cachait pas qu'il serait heureux d'épouser un jour Margoton. C'en était assez pour que la cuisinière gardât à l'occasion quelque bon plat pour son futur. Cette fois elle n'avait rien à lui mettre sur la table, rien, que le poulet qui restait... Mais le notaire que dirait-il... si... Bah! le notaire se faisait positivement attendre, et Toniot avait faim, une faim de loup ; jugez, après avoir marché à pied sur la route poudreuse, sous le soleil brûlant, pendant deux heures. Bref, Toniot fit disparaître le second poulet, comme Margoton avait fait disparaître le premier, et tous deux ne laissèrent pas une goutte de vin dans la bouteille.

Le voiturier venait de terminer son festin quand un nouveau bruit de pas se fit entendre au dehors. Une voix frappa les oreilles de Toniot et de Margoton. Ils ne purent s'empêcher de tressaillir. Cette voix était celle du convive : que faire ? Toniot ne manquait pas de bravoure, mais il n'était pas effronté. Il s'esquiva, laissant Margoton résoudre la difficulté comme elle le pourrait. Mais Margoton n'était pas femme à se laisser prendre sans ressource. Une idée lumineuse jaillit de son cerveau comme une étincelle.

Courant au-devant du visiteur, elle lui cria :

— N'entrez pas ; mon maitre, furieux de

vous avoir attendu, s'est mis à votre poursuite le couteau à la main, jurant que s'il vous rejoignait, il vous larderait sans pitié. Une folie subite l'a pris, une folie dangereuse, vous n'avez que le temps de vous sauver.

Le convive ne se fit pas prier et détala par un sentier de traverse.

Quelques instants après, le notaire accourut tout essoufflé :

— Mon ami doit être ici, dit-il après avoir repris haleine. La diligence a versé, en effet, comme je le craignais. Fort heureusement, il s'en est tiré sain et sauf, et ne voulant pas rester là-bas, il a fait à pied le chemin jusqu'ici ; où est-il ?

— Votre ami ! répondit imperturbablement Margoton, singulier ami ! et bien digne de ce nom, vraiment ! Il vient d'entrer dans ma cuisine, roulant des yeux comme un ogre, et sans attendre que je lui eusse adressé la parole, il a enlevé les deux poulets qui étaient sur le plat et les a emportés en courant. Ce n'est pas un ami, cela, mais un voleur, un vrai voleur !

Le notaire demeura quelques secondes ébahi, ne pouvant croire ce qu'on lui disait.

— C'est un voleur, répéta Margoton, et qui vous fera quelque mauvais coup. Rattrapez-le si vous le voulez et le pouvez ; mais ne vous risquez pas à l'accoster sans armes.

Et, tandis que son maître, ne trouvant pas de réplique, faisait un geste machinal, elle lui mit dans la main son grand couteau de cuisine, qu'il prit tout aussi machinalement.

— Il est passé par là, dit-elle, en montrant le chemin de traverse. Tenez, le voilà là-bas, là-bas !

Le notaire partit au galop. L'autre le voyant arriver sur lui, le couteau en l'air, pendit ses jambes à son cou.

Ce fut une course désespérée, et Margoton, les poings sur les hanches, de rire aux éclats :

— Oh ! la bonne farce ! Oh ! la bonne farce !

Une heure après, le notaire revint tout en nage. L'ami courait mieux que lui, et il court encore.

PETIT FRÈRE ET PETITE SŒUR

Petit frère prit sa petite sœur par la main et dit :

— Depuis que maman est morte, nous n'avons plus un jour de bonheur ; notre belle-mère nous bat toute la journée et quand nous allons vers elle, elle nous chasse à coups de pied. Les croûtes de pain dur qui restent sont tout notre repas et le chien sous la table est mieux traité que nous : on lui jette souvent un bon morceau. Ah ! si notre maman savait cela ! Viens, allons-nous-en, nous partirons ensemble.

Ils marchèrent toute la journée par les prés, les champs et les pierres, et quand il pleurait, la petite sœur disait :

— Maman et nous pleurons ensemble !

Le soir, ils arrivèrent dans une grande forêt

et ils étaient si abattus de souffrance, de faim et de lassitude qu'ils s'assirent dans le creux d'un arbre et s'endormirent.

Le lendemain, quand ils se réveillèrent, le soleil était déjà monté haut dans le ciel et dardait ses rayons sur l'arbre. Petit frère dit :

— Petite sœur, j'ai soif, si je savais où trouver un ruisseau, j'irais y boire ; je crois en entendre couler un.

Petit frère se leva, prit petite sœur par la main et ils cherchèrent le ruisseau. Mais la méchante belle-mère était une sorcière et avait bien vu partir les enfants. Elle s'était glissée à la dérobée derrière eux, comme se glissent les sorcières, et avait ensorcelé toutes les sources et les ruisseaux de la forêt. Et lorsqu'ils trouvèrent un petit ruisseau qui sautillait gaiement sur les cailloux, le petit frère voulut y boire, mais la petite sœur entendit quelqu'un qui disait au fond du ruisseau : — Celui qui boit de mon eau sera changé en tigre ; celui qui boit de mon eau sera changé en tigre !

Alors petite sœur s'écria :

— Petit frère, je t'en supplie, ne bois pas, ne bois pas, sinon tu deviendras un tigre et tu me dévorerais.

Le petit frère ne but pas, quoiqu'il eût bien soif, et dit :

— J'attendrai jusqu'à la prochaine source.

Quand ils arrivèrent au deuxième ruisseau, la petite sœur l'entendit dire : — Celui qui boit de mon eau se change en loup ! celui qui boit de mon eau se change en loup !

La petite sœur cria :

— Petit frère, je t'en supplie, ne bois pas, sinon tu deviendrais un loup et tu me croquerais.

Le petit frère ne but pas et dit :

— J'attendrai que nous soyons arrivés à une prochaine source, mais alors il faudra que je boive, quoi que tu dises, car ma soif est très grande.

Et quand ils arrivèrent au troisième ruisseau, la petite sœur entendit : — Celui qui boit de mon eau devient un chevreuil; celui

Petit frère et petite sœur.

qui boit de mon eau devient un chevreuil.

Et petite sœur s'écria :

— Ah ! Petit frère, je t'en supplie, ne bois pas, sinon tu deviendras un chevreuil et tu t'enfuiras et m'abandonneras.

Mais le petit frère était déjà à genoux, penché sur l'eau, et il avait bu, et à la première goutte qui avait humecté ses lèvres, il s'était changé en petit chevreuil.

Alors la petite sœur pleura sur le sort de son pauvre petit frère qui était ensorcelé, et le petit chevreuil, couché auprès d'elle, pleurait aussi. A la fin, la petite fille dit :

— Rassure-toi, bon petit chevreuil, je ne te quitterai jamais.

Puis elle détacha sa jarretière d'or et la passa au cou du joli petit animal, elle arracha des roseaux, les tressa et en fit un licou, avec lequel elle attacha le petit chevreuil ; et elle l'emmena, s'enfonçant avec lui dans la forêt.

Et quand ils eurent marché longtemps, bien longtemps, ils arrivèrent à une petite maison. La petite fille regarda à l'intérieur, et la voyant vide, elle pensa : « Nous pouvons vivre ici et y demeurer. » Elle alla chercher de la mousse et des feuilles pour faire au petit chevreuil une litière moelleuse, et tous les matins elle sortait pour cueillir des fraises, des baies, des noix, des racines, et elle rapportait pour le petit chevreuil de l'herbe tendre qu'il mangeait dans la main de Petite sœur, en témoignant son contentement par des sauts et des bonds. Le soir, quand Petite sœur était fatiguée, elle reposait sa tête sur le dos du petit chevreuil ; c'était son coussin sur lequel elle s'endormait. Et si le petit frère avait eu sa forme humaine, ils auraient mené une vie heureuse.

Pendant quelque temps, ils se trouvèrent seuls dans la forêt. Mais il arriva que le roi du pays y fit faire une grande chasse. Alors on entendit le son du cor, les aboiements des chiens et les joyeux appels des chasseurs dans les taillis.

Le petit chevreuil les entendit aussi et eût bien aimé être de la partie.

— Ah! dit-il à sa petite sœur, laisse-moi sortir pour assister à la chasse, je n'y tiens plus.

Et il pria, supplia tant qu'elle y consentit.

— Mais, dit-elle, reviens le soir, je fermerai la porte aux féroces chasseurs, et pour que je te reconnaisse, tu frapperas et tu diras : « Petite sœur, ouvre, c'est moi ! » et si tu ne le dis pas, la porte restera fermée.

Le petit chevreuil sortit en bondissant, et il était heureux et joyeux de pouvoir courir en liberté.

Le roi et ses chasseurs virent le joli petit animal et le poursuivirent, mais ils ne purent l'attraper, et au moment où ils croyaient qu'ils allaient l'atteindre, il se jeta dans un fourré et disparut. Comme il faisait tard, il courut à la maisonnette, frappa et dit : « Petite sœur, ouvre, c'est moi ! » La petite sœur ouvrit.

Quand la petite porte lui eut été ouverte, il entra d'un bond et reposa toute la nuit sur sa litière fraîche et douce. Le lendemain la chasse recommença, et quand le petit chevreuil entendit de nouveau le son des cors et le tayaut ! tayaut ! des chasseurs, il ne tint pas en place et dit :

— Petite sœur, ouvre-moi, je ne puis rester ici, il faut que je sorte.

La petite sœur obéit et lui dit :

— Mais tu reviendras ce soir et tu n'oublieras pas ce que tu dois dire pour rentrer.

Quand le roi et ses chasseurs revirent le petit chevreuil au collier d'or, ils le poursuivirent sans relâche, mais il était trop leste et trop rusé pour eux. Cela dura toute la journée, mais à la fin, vers le soir, les chasseurs le cernèrent et l'un d'eux le blessa un peu au pied, en sorte qu'il boitait et ne put s'échapper que lentement. Un des chasseurs le suivit à la piste jusqu'à sa maisonnette et l'entendit crier : « Petite sœur, ouvre, c'est moi ! » et il vit la porte s'ouvrir vivement, puis se refermer de même. Le chasseur garda exactement mémoire de tout cela, et alla trouver le roi à qui il raconta ce qu'il avait vu et entendu.

Alors le roi dit :

— Nous chasserons encore demain.

La petite sœur fut bien épouvantée quand elle vit que le petit chevreuil était blessé. Elle lava le sang de la blessure qu'elle pansa, y appliqua des herbes et dit :

— Couche-toi sur ta litière, cher petit chevreuil, pour que tu puisses guérir.

La blessure était si peu de chose, qu'il n'y parut plus rien le lendemain matin. Et quand le petit chevreuil entendit de nouveau les cris et la fanfare de la chasse, il dit :

— Je n'y puis tenir ; il faut que j'y assiste, mais personne ne m'attrapera.

La petite sœur pleura et dit :

— On te tuera, et je serai seule dans la forêt, et abandonnée de tout le monde, je ne te laisserai pas sortir.

— Je mourrai donc de chagrin et d'ennui ici à cause de toi, répondit le petit chevreuil ; quand j'entends le son du cor, je ne me possède plus, je me sens entraîné.

La petite sœur ne put faire autrement et le

cœur gros, lui ouvrit la porte, et le petit chevreuil s'élança gai et dispos dans la forêt. Quand le roi le vit, il dit à ses chasseurs :

— Poursuivons-le tout le jour et la nuit, mais que personne ne lui fasse mal.

Dès que le soleil fut couché, le roi dit à son fidèle chasseur :

— Viens avec moi et montre-moi la maisonnette.

Et quand il fut devant la porte, il frappa et cria : « Petite sœur, ouvre, c'est moi ! »

La porte s'ouvrit et le roi entra, et il vit devant lui une jeune fille si belle qu'il n'en avait jamais rencontré d'aussi adorable. La petite fille eut peur en voyant entrer au lieu du petit chevreuil un homme qui avait sur la tête une couronne d'or. Mais le roi la regarda avec bonté, lui tendit la main et lui dit :

— Veux-tu m'accompagner dans mon palais et être reine?

— Oh ! oui, répondit la petite fille, mais le petit chevreuil doit aller avec moi, je ne veux pas le quitter.

— Il restera avec toi, dit le roi, tant que tu vivras, et rien ne lui manquera.

Sur ces entrefaites le petit chevreuil entra, la petite sœur lui attacha le licou de roseaux, et tenant le lien dans sa main elle sortit avec lui de sa hutte.

Le roi fit monter la jolie petite fille devant lui sur son cheval, et la conduisit dans son palais où le mariage fut célébré en grande pompe. Petite sœur était reine maintenant et les deux époux vécurent longtemps heureux ensemble; le petit chevreuil était l'objet des plus grand soins, il avait une excellente nourriture, une excellente litière, et courait et sautait toute la journée dans le parc royal.

Cependant la méchante belle-mère, qui avait été cause de la fuite des enfants, croyait que petite sœur avait été dévorée par les animaux sauvages dans la forêt, et que petit frère avait été tué sous la forme d'un chevreuil par les chasseurs. Lorsqu'elle apprit qu'ils étaient au contraire l'un et l'autre en vie et si heureux, la colère et la haine entrèrent dans son cœur. Elle n'eut plus de repos et toutes ses pensées se concentrèrent sur le moyen à employer pour les rendre de nouveau malheureux. Elle avait elle-même une fille qui était laide comme le péché et n'avait qu'un œil; cette fille lui faisait des reproches et disait: « Ah! si j'avais eu le bonheur de devenir reine! »

— Rassure-toi, lui répondait la vieille sorcière en tâchant de la calmer, quand le moment viendra je serai là.

Or, le moment ne tarda pas à arriver. Petite sœur, la vraie reine, mit au monde un joli petit garçon. Pendant que le roi était à la chasse, la vieille sorcière se métamorphosa en garde-malade, et entra dans la chambre où reposait la reine.

— Venez vite, lui dit-elle, votre bain est prêt, il vous fera du bien et vous rendra des forces, venez vite, il refroidirait.

Sa fille était tout près de là; elles transportèrent la reine, qui était très faible, dans la salle de bain et la mirent dans la baignoire;

puis elles fermèrent la porte et s'enfuirent. Mais elles avaient fait dans la salle de bain un grand feu d'enfer. Si bien que la belle jeune reine fut bientôt asphyxiée.

Ce crime accompli, la sorcière prit sa fille, lui mit un bonnet sur la tête et la coucha dans le lit à la place de la reine, dont elle lui donna la forme et figure, mais elle ne put lui rendre l'œil perdu. Afin que le roi ne s'en aperçût point, elle lui recommanda de se coucher sur le côté où elle était borgne. Le soir, quand le roi revint et apprit qu'il lui était né un fils, il se réjouit de tout cœur, et voulut s'approcher du lit de sa femme pour voir comment elle se portait. Mais la vieille sorcière s'empressa de crier :

— Prenez garde, ne soulevez pas le rideau, la reine ne peut pas encore voir de lumière. Elle a besoin de repos.

Mais quand il fut minuit, tandis que tout le monde était endormi, la vraie garde-malade qui était assise à côté du berceau étant éveillée, vit la porte s'ouvrir et la vraie reine entrer. Petite sœur prit son enfant dans le berceau, le caressa doucement, le souleva dans ses bras, et lui donna à boire. Elle arrangea les coussins, puis elle le recoucha et le couvrit avec soin. Elle n'oublia pas le petit chevreuil, alla dans le coin où il reposait et lui passa amicalement la main sur le dos. Puis elle regagna silencieusement la porte et s'éloigna.

La garde-malade demanda le lendemain aux gardes du palais si pendant la nuit quelqu'un était entré. Ils répondirent : « Non, nous n'avons vu personne ! »

La vraie reine vint ainsi plusieurs nuits de suite prendre son enfant, mais jamais elle ne disait une parole ; la garde-malade la voyait très distinctement, mais elle n'osait l'interroger ni en parler à personne.

Au bout de quelque temps, la reine rompit le silence et dit, une nuit qu'elle berçait son fils :

Je viens dans l'ombre et le mystère
Voir mon enfant et voir mon frère ;

Deux fois encor je reviendrai,
Puis à jamais je cesserai.

La garde-malade ne répondit pas, mais quand la reine fut disparue, elle alla trouver le roi et lui rendit compte de tout.

— Ah! mon Dieu, dit le roi, qu'est ceci? Je passerai moi-même la nuit prochaine auprès de l'enfant.

Le soir venu, il alla dans la chambre de la reine, et à minuit petite sœur entra et dit :

Je viens dans l'ombre et le mystère
Voir mon enfant et voir mon frère ;
Demain encore je reviendrai,
Puis à jamais je cesserai.

Elle berça l'enfant, le caressa, lui donna à boire comme elle avait coutume de le faire, puis elle s'évanouit comme une ombre. Le roi n'osa point la questionner ; il attendit jusqu'à la nuit suivante. Et cette fois elle dit:

Je viens dans l'ombre et le mystère
Voir mon enfant et voir mon frère ;
Mais dès demain ne reviendrai,
Puis à jamais je cesserai.

A ces paroles le roi ne put se contenir, il s'élança vers elle :

— Tu ne peux être que ma femme, Petite sœur, ma chère reine !

Elle répondit :

— Oui, c'est moi !

Et au même instant elle recouvra la vie, la santé, la fraîcheur, la beauté.

Elle raconta ensuite au roi comment elle avait été victime de la méchante sorcière et de la laide fille de celle-ci. Le roi les fit traduire toutes les deux devant le tribunal qui les condamna : la fille fut conduite dans la forêt où les bêtes fauves la dévorèrent ; la sorcière monta sur le bûcher où elle fut brûlée misérablement. Et au moment où elle se réduisait en cendres, le petit chevreuil reprit sa forme humaine.

Et petite sœur et petit frère vécurent heureux ensemble jusqu'à la fin de leurs jours.

POITIERS. — TYPOGRAPHIE OUDIN ET Cie.